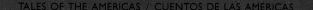

How We Came to the Fifth World
Cómo vinimos al quinto mundo

A CREATION STORY FROM ANCIENT MEXICO

ADAPTED BY / ADAPTADO POR HARRIET ROHMER & MARY ANCHONDO

REVISED BY / REVISADA POR HARRIET ROHMER & ROSALMA ZUBIZARRETA

ILLUSTRATED BY / ILUSTRADO POR GRACIELA CARRILLO

CHILDREN'S BOOK PRESS • SAN FRANCISCO, CALIFORNIA

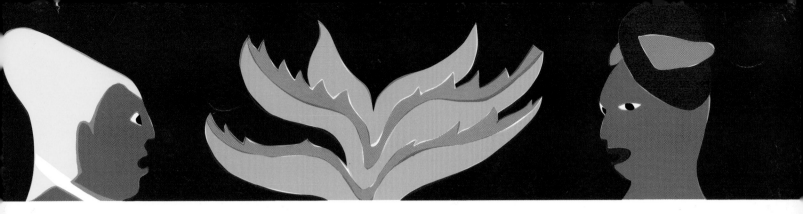

IN THE FIRST WORLD there were delicious fruits and vegetables to eat. People lived happily in the shade of giant trees. But soon they began living only for themselves. They forgot the ways of the great gods.

The gods became angry. They met on the top of the highest mountain and chose the god of water to destroy the world. The water god stood up with his eyes full of lightning. The winds roared around his head. He looked down at the world below and saw that everyone was lying and stealing and killing. All the people were evil except for one poor woman and one poor man who were making pulque in their tiny hut.

pulque — póol·kay: fermented juice of the maguey cactus / jugo fermantado del maguey

EN EL PRIMER MUNDO había frutas y vegetales deliciosos para comer. La gente vivía feliz a la sombra de árboles gigantes. Pero pronto comenzaron a vivir sólo para si mismos. Se olvidaron del buen camino de los grandes dioses.

Los dioses se enojaron. Se reunieron en la cima de la montaña más alta y eligieron al dios del agua para que destruyera al mundo. El dios del agua se alzó, con sus ojos llenos de relámpagos. Los vientos rugían alrededor de su cabeza. Miró al mundo allá abajo y vio que todos estaban mintiendo y matando y robando. Toda la gente era mala, excepto una pobre mujer y un pobre hombre que estaban haciendo pulque en su pequeña choza.

The water god came down the mountain and spoke to the good couple: "Soon water will pour down this mountain and cover the earth," he said. "You must cut down the ahuehuete tree and ride it like a boat over the water. Take a little fire with you and one ear of corn to plant in the new world." And the good couple did as they were told.

Then the water god returned to the top of the mountain and waved his flag furiously. Soon clouds covered the earth; the whirling winds came; and the rains fell harder and harder. Water covered everything but the highest mountain peaks. The greedy people crowded onto wooden rafts with all their belongings. But their belongings were so heavy that the rafts began to sink. The people were afraid of drowning.

ahuehuete — ah·weh·wéh·teh: Montezuma cypress / especie de ciprés de México

El dios del agua bajó de la montaña y le habló a la pareja buena: —Pronto el agua caerá por esta montaña y cubrirá la tierra —dijo—. Tienen que cortar un ahuehuete y subirse en el como si fuera un bote, para navegar sobre el agua. Llévense consigo un poco de fuego y una mazorca de maíz para sembrar en el nuevo mundo. —Y la buena pareja hizo tal como le habían dicho.

Luego el dios del agua regresó a la cima de la montaña e hizo ondear su bandera furiosamente. Dentro de poco las nubes cubrían la tierra; llegaron los vientos arremolinados, y la lluvia caía con más y más fuerza. El agua lo cubría todo menos los picos de las montañas más altas. La gente codiciosa se amontonó sobre balsas de madera con todo lo que poseía. Pero sus pertenencias eran tan pesadas que las balsas comenzaron a hundirse. La gente temía ahogarse.

"If only we were fishes, we could swim away!" cried the people. "Then fishes you shall be!" answered the gods. And the people were instantly changed into fishes.

But the good woman and the good man rode their tree trunk over the flood, carrying their fire high. When the flood was gone, they stepped off their tree trunk into the Second World.

—¡Ay, si sólo fueramos peces, podríamos escaparnos nadando! —lloraba la gente. —¡Pues peces serán! —contestaron los dioses. Y en un instante, la gente fue convertida en peces.

Pero la mujer buena y el hombre bueno navegaron su tronco de árbol sobre las aguas del diluvio, llevando su fuego en alto. Cuando el diluvio terminó, se bajaron del tronco al Segundo Mundo.

IN THE SECOND WORLD there were many fishes to eat. The sons and daughters of the good couple lived in peace for many years. But then they began to fight over the land and the food. They forgot the ways of the great gods.

The gods became angry. They chose Quetzalcoatl, god of the air, to destroy the world. Dressed in his jacket of white feathers and his cap of jaguar skin, Quetzalcoatl set out to find one good woman and one good man to be saved.

He passed fine houses where people spoke of lying and stealing and killing. Finally, he stopped in front of a simple hut. Inside lived the only couple in the Second World who still remembered the old gods. Quetzalcoatl spoke to them: "Soon the winds will blow from all directions and destroy the world," he said. "Take a little fire and an ear of corn. Then hide yourselves in a mountain cave."

EN EL SEGUNDO MUNDO había muchos peces para comer. Los hijos e hijas de la pareja buena vivieron en paz por muchos años. Pero luego comenzaron a pelearse por la tierra y la comida. Se olvidaron del buen camino de los grandes dioses.

Los dioses se enojaron. Eligieron a Quetzalcóatl, el dios del aire, para que destruyera al mundo. Vestido con su saco de plumas blancas y su gorra de piel de jaguar, Quetzalcóatl salió a buscar una mujer buena y un hombre bueno que salvar.

Pasó por casas ricas donde la gente hablaba de mentir y robar y matar. Por fin, se paró en frente de una humilde choza. Allí vivía la única pareja del Segundo Mundo que todavía se acordaba de los antiguos dioses. Quetzalcóatl les habló: —Pronto el viento soplará por todas partes y destruirá el mundo —les dijo—. Tomen un poco de fuego y una mazorca de maíz. Luego escóndanse dentro de una cueva en las montañas.

Quetzalcoatl returned to the top of the highest mountain and called all the winds. The winds came twisting and turning, rising and falling. The people ran away screaming, but the winds found them and lifted them up and threw them down.

"If only we were animals, we could hide in the little moutain caves!" cried the people.

"Then animals you shall be!" answered the gods. And the people were instantly changed into animals.

But the good man and woman were safe in their mountain cave. When the storm was over, they came out into the Third World.

Quetzalcóatl regresó a la cima de la montaña más alta y llamó a todos los vientos. Los vientos vinieron, volteando y girando, subiendo y bajando. La gente corría a escaparse, gritando, pero los vientos los encontraban y los levantaban en el aire y luego los tiraban al suelo.

—¡Si tan sólo fuéramos animales, nos podríamos esconder en las pequeñas cuevas de las montañas! —lloraba la gente.

—¡Pues animales serán! —contestaron los dioses. Y en un instante, la gente fue convertida en animales.

Pero el hombre bueno y la mujer buena estaban protejidos dentro de su cueva en las montañas. Cuando la tormenta terminó, salieron al Tercer Mundo.

IN THE THIRD WORLD there were many animals to eat. The people of earth lived in peace for many years. But once again, they became selfish and forgot their gods. This time the god of fire with his waving red and orange feathers and fierce yellow face was chosen to destroy the world.

Changing himself into a tiny flame, the fire god danced down the chimney of the only generous couple left in the Third World. "Soon all the fires under the earth will burst from the mountain peaks," he told them. "Go quickly to a cave in the woods."

The good man and woman were in the cave only a moment when the door mysteriously closed.

EN EL TERCER MUNDO había muchos animales para comer. Los habitantes de la tierra vivieron en paz por muchos años. Pero una vez más, se volvieron egoístas y se olvidaron de sus dioses. Esta vez el dios del fuego, con sus ondulantes plumas rojas y anaranjadas y su feroz cara amarilla, fue elegido para destruir el mundo.

Convirtiéndose en una pequeña llamita, el dios del fuego bajó bailando por la chimenea de la única pareja generosa que quedaba en el Tercer Mundo. —Pronto todos los fuegos que hay bajo la tierra estallarán por los picos de las montañas —les dijo—. Váyanse de prisa a una cueva en el bosque.

El hombre bueno y la mujer buena habían estado dentro de la cueva tan sólo un minuto cuando la entrada se cerró misteriosamente.

Then the earth shook and the volcanoes erupted with smoke and lava. "If only we were birds, we could fly above the fire!" cried the people.

"Then birds you shall be!" answered the gods. And the people were instantly changed into birds.

But the good couple was safe in their cave. When the volcanos were quiet, they came out into the Fourth World.

Entonces la tierra tembló y los volcanes arrojaron humo y lava. —¡Si sólo fueramos pájaros, podríamos volar por encima del fuego! —lloraba la gente.

—¡Pues pájaros serán! —contestaron los dioses. Y en un instante, la gente fue convertida en pájaros.

Pero la pareja buena estaba protegida dentro de su cueva. Cuando los volcanes se calmaron, salieron al Cuarto Mundo.

IN THE FOURTH WORLD there were many birds to eat. The sons and daughters of the earth lived in peace for many years. The great ahuehuete trees reached almost to the sky before the people forgot their gods for the fourth time. Then it was the powerful earth goddess who said to the others, "You, gods of water, air and fire! How hard you have worked! You must be tired! Go rest in that cave until I return for you."

EN EL CUARTO MUNDO había muchos pájaros para comer. Los hijos e hijas de la tierra vivieron en paz por muchos años. Los grandes ahuehuetes casi alcanzaron al cielo antes que la gente se olvidó de sus dioses por la cuarta vez. Esta vez fue la poderosa diosa de la tierra la que les dijo a los otros: —¡Oh, dioses del agua, del aire y del fuego! ¡Ustedes han trabajado mucho! ¡Deben estar cansados! Vayan a descansar a esa cueva hasta que regrese por ustedes.

When the three gods went into the cave to rest, there was no more rain, no more wind and no more sun. The world was in darkness and the crops died.

"Oh gods! Save us from hunger and thirst!" cried the people. But the gods did not hear them. The earth goddess sent down food at night—but only to the good people. The evil ones cried out angrily, "Better to be eaten by jaguars than to die of hunger and thirst!"

Cuando los tres dioses se fueron a la cueva a descansar, no hubo más lluvia, no hubo más viento y no hubo más sol. El mundo estaba en la oscuridad y las cosechas se perdieron.

—¡Ay dioses! ¡Líbrennos del hambre y de la sed! —lloraba la gente. Pero los dioses no los oían. La diosa de la tierra mandaba comida por la noche, pero sólo a la gente buena. Los malos gritaban, enojados: —¡Mejor sería ser devorados por jaguares que morir de hambre y sed!

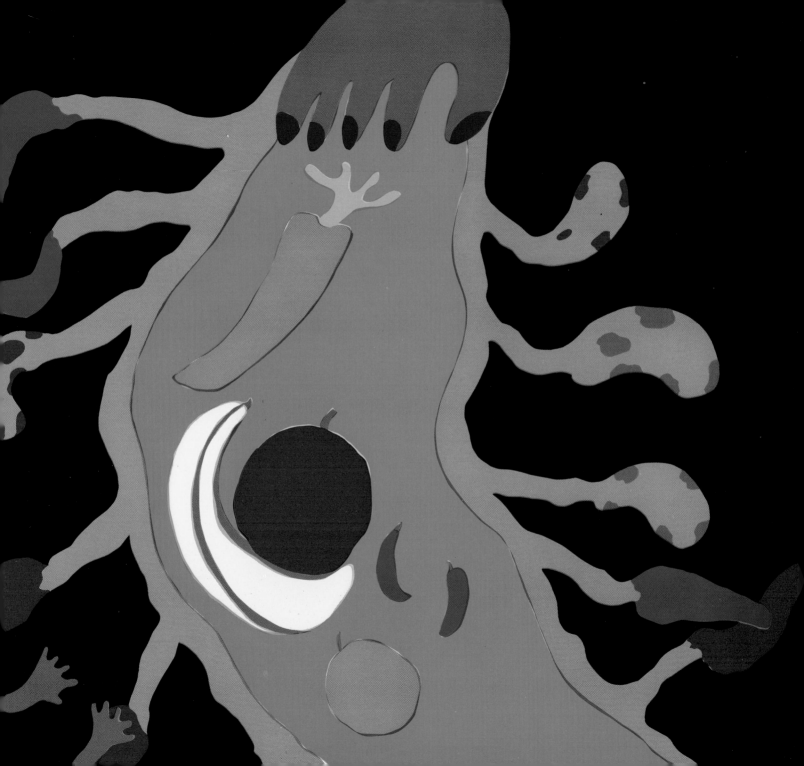

"So be it!" said the earth goddess, and she commanded the hungry jaguars to eat the greedy people.

At last there were no more evil people in the world. There were only good people whom the goddess had cared for and the jaguars had spared. Then the goddess called the three gods from the cave. The rain fell, the breezes blew, and the sun gave light to the Fifth World.

—¡Así sea! —contestó la diosa de la tierra. Y ordenó a los jaguares hambrientos que devoraran a la gente codiciosa.

Al fin ya no existía gente mala en el mundo. Sólo quedaba la gente buena que la diosa había cuidado y que los jaguares habían dejado. Entonces la diosa de la tierra llamó a los tres dioses que estaban en la cueva. La lluvia regresó, las brisas soplaron, y el sol alumbró al Quinto Mundo.

IN THE FIFTH WORLD people sang and danced. There was peace and happiness on earth for many years.

EN EL QUINTO MUNDO la gente cantaba y bailaba. Hubo paz y felicidad en la tierra por muchos años.

The Aztecs believed
that there have been four
historical ages, called worlds
or suns. Each of these worlds
was ruled and eventually
destroyed by a deity representing one
of the four elements of the natural
world—Water, Air, Fire, and Earth—
as well as one of the four directions of the
universe—East, West, North, and South.

The present epoch, or fifth world, is known as the sun of movement. It is ruled by all four deities in turn and is therefore potentially more stable than the previous four worlds. Nevertheless, according to the Aztec elders, this world too is doomed to destruction by earthquakes and famine unless a way can be found to banish evil from the hearts of all humanity.

Harriet Rohmer
San Francisco, California

Library of Congress Cataloging-in-Publication Data
Rohmer, Harriet.
  How we came to the fifth world = Cómo vinimos al quinto mundo
  (Tales of the Americas = Cuentos de las Américas)
  English and Spanish.
  Summary: An Aztec myth recounting the creation and destruction of the world by the deities of
    the four great elements.
      1. Aztecs—Legends.   2. Indians of Mexico—Legends.   3. Spanish language—Readers—Legends.
    [1. Aztecs—Legends.   2. Indians of Mexico—Legends.   3. Spanish language materials—Bilingual.]
    I. Anchondo, Mary.   II. Carrillo de López, Graciela, ill.   III. Title.   IV. Title: Cómo vinimos al
      quinto mundo.   V. Series: Tales of the Americas.
        F1219.76.F65R64   1987   398.2'08997   87-24260
        ISBN 0-89239-024-7

        Design: Harriet Rohmer, Robin Cherin, Roger I. Reyes
        Cover: Robin Cherin, Harriet Rohmer
        Production: Robin Cherin

        Printed in China